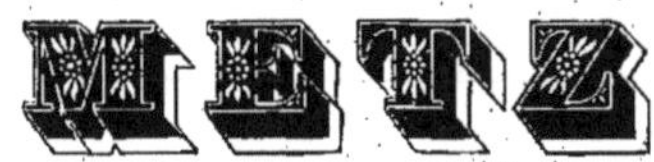 METZ

ET

LES PRINCES,

Souvenirs du Camp de la Moselle.

TANGER, ISLY, MOGADOR,

Bulletin héroïque et national.

PARIS.
DAGUIN FRÈRES, LIBRAIRES-ÉDITEURS, QUAI MALAQUAIS, 7.
LYON.
Mlle A. DUMAS, PLACE DE LA PRÉFECTURE, 9.
ET CHEZ LES PRINCIPAUX LIBRAIRES.

1844.

METZ

ET

LES PRINCES,

Souvenirs du Camp de la Moselle.

TANGER, ISLY, MOGADOR,

Bulletin héroïque et national.

PARIS.

DAGUIN FRÈRES, LIBRAIRES-ÉDITEURS, QUAI MALAQUAIS, 7.

LYON.

Mlle A. DUMAS, PLACE DE LA PRÉFECTURE, 9.

ET CHEZ LES PRINCIPAUX LIBRAIRES.

1844.

[illegible]

[illegible]

[illegible]

©

[illegible]

[illegible]

METZ

ET

LES PRINCES.

Camp de la Moselle.

1844.

Je croyais, j'espérais vers tes charmants rivages
Aborder en ces jours de fête et de splendeurs ;
Mais un destin de fer, ô Metz, sur d'autres plages
Me retient enchaîné loin de tes champs de fleurs.

Malgré le sort fatal, pourtant je veux encore,
N'étant plus avec toi, de toi me souvenir :
C'est toi qui dans mes nuits fis briller une aurore ;
Tu m'as rendu mon frère, et je viens te bénir !

Je ne l'oublirai pas ta brillante esplanade
Où les parfums du soir sont si doux et si frais !

Où tes dames, tes fleurs, ornant la promenade,
Font aimer les affûts qui veillent tout auprès.

Et ta Vierge abritée en son humble chapelle
Que les champs ont parée et non l'or d'ici-bas,
Elle que sa pitié rend encore plus belle,
Je ne l'oublîrai pas!

Oui, je m'en souviendrai de ta place Royale,
Tant que battra mon cœur dans ma poitrine en feu!
Oui, je dirai toujours, ô cité triomphale,
Ton nom dans ma prière après celui de Dieu!

Sois fière, sois heureuse, ô ville, en ton enceinte
D'accueillir les enfants de la France et du Roi!
Sois fière! et, quand s'exhale au loin ma triste plainte,
Salut et gloire à toi!

Montre ton diadéme en sa clarté sublime!
Pare-toi comme au jour du splendide réveil!
Tu peux lever la tête au-dessus de ta cime,
Car ta virginité ne craint pas le soleil!

Nemours et Montpensier de la splendeur du prince

Chez toi ne viennent pas éblouir la cité ;
Et ce sont deux soldats à qui toute province
      Doit l'hospitalité ;

Surtout quand le canon sur ses remparts rayonne,
Qu'on s'appelle une ville excellente en renom ,
Telle que Jeanne d'Arc , s'avouant ta patronne ,
      Metz, peut t'offrir son nom!

Car tu portes bien haut ton titre héréditaire ,
Toi qui dans ton blason réunis à la fois
La fidèle cité , le géant militaire
      Et le palais des rois !

Afin que cette fête en ta longue mémoire
Augmente le bonheur du séjour fraternel,
Regarde vers Paris ! voici venir VICTOIRE ,
Douce fleur d'ici-bas , charmant rayon du ciel !

Il est des souvenirs qui laissent une trace
Dont l'empreinte ne peut disparaître jamais :
Au Midi , dans le Nord , tous parlent de sa grâce ,
      Et tous de ses bienfaits !

Oui, Metz, ville sensible, au cœur patriotique,
Trouve qu'il faut mêler le ciel à son beau nom ;
Et l'Austrasie apprête un baptême angélique
                    Pour l'Ange de Lyon *.

Montre-nous que tu sais, ô boulevard superbe,
Dans les paisibles temps sourire à la beauté,
Comme aux jours du péril tu peux coucher dans l'herbe
                    Qui t'aurait insulté !

A d'autres nations, sans leur jeter l'outrage,
Nous pouvons opposer la force de tes reins,
Et que le nombre est nul devant notre courage,
Et que tu peux dormir dans tes murs souverains !

Fête les fils du Roi, noble fille de France !
Vauban, pour consacrer votre auguste union,
Se réveille, et frémit d'orgueil et d'espérance,
                    Comme nous à son nom !

Ces marches et ces bruits, simulacre de guerre,
Bien qu'absent de tes murs, il les entend partout ;

* Alors on espérait à **Metz** la présence de S. A. R. Mme la du-
chesse de Nemours.

Et l'écho du canon a traversé la terre...
    Le grand homme est debout !

Dans sa couche de bronze il s'agite, il tressaille,
Il voit tes ponts levés et tes fossés pleins d'eau !
L'airain gronde, il accourt ! Planant sur ta muraille,
    Son ombre fait tableau !

Il vient se réjouir de cette belle fête,
Depuis cent quarante ans * Vauban qui fermait l'œil,
Lui qui prit un obus pour reposer sa tête,
    Un canon pour cercueil !

Rêver que la patrie est en péril, défendre
Son sacré territoire, ah ! quel noble sommeil !
Alors, si l'on pouvait exulter de sa cendre,
    Quel superbe réveil !

Dans son long manteau brun, pensif, il se promène ;
Il cherche d'où ce bruit sonore peut venir.
Du passé, dont les morts embrassent le domaine,
Semble jaillir pour lui l'éclair de l'avenir !

* Leprestre de Vauban, ingénieur et maréchal de France, né
en Bourgogne l'an 1633, mort en 1707.

Il se penche, il écoute…; heureux, il examine
Ces images qu'il prend pour de réels combats,
Et, comme un Empereur, croise sur sa poitrine
    Fièrement ses deux bras !

Le voilà qui grandit, magnifique colonne !
Il plonge du regard dans ton vaste arsenal,
Et sa droite dépose une double couronne
Sur le royal cortège et ton éclat mural.

Citadelle invincible, en visitant tes plaines,
Les Princes, désireux de soutenir leurs noms,
Ne perdent point le temps en des études vaines,
Puisqu'ils chassent enfin la rouille des canons.

Les jours peuvent nous luire où ce noble exercice
Exigerait soudain des soldats mûrs et forts :
A ces préludes, Metz, il faut qu'on applaudisse ;
Ils démontrent l'attaque et le salut des Forts.

Imprenable réseau, forteresse sans tache,
Que nos Princes soient fiers, en voyant tes remparts,
De penser que jamais un oblique panache
    N'a flétri tes regards !

Que jamais l'étranger n'a fait tes murs esclaves,
Que tu n'as vu flotter de drapeaux que les tiens ;
Et que n'ont point henni chez toi coursiers bataves,
      Piaffé chevaux prussiens ;

Que tu gardes tes clefs, sans peur qu'on te les prenne !
Que ton sol est sacré, tes citoyens soldats,
Et qu'avec notre armée, ô belle souveraine,
      D'autres ne t'auront pas !

C'est ainsi qu'autrefois, vieux boulevard de France,
Tu dressas en géant tes bras nobles et forts ;
Et, lorsque des deux camps l'airain faisait silence,
Tu n'avais pas besoin, toi, de compter les morts !

Charles-Quint *, cependant, ô Metz, était un brave ;
Mais Guise de Lorraine était là ! Tu restas
Vierge de tout affront, vierge de toute entrave ;
Et ta virginité ne s'éclipsera pas !

   * En 1552, Charles-Quint, ayant fait tirer 17,000 coups de canon contre cette héroïque cité, fut forcé d'en lever le siége après 56 jours de stériles efforts, et laissa une partie de son armée écrasée sous les remparts de Metz.

Plus tard *, quand la patrie à la voix forte et pure
Voulut trois boulevards à la fois au lieu d'un,
La valeur paternelle allongea ta ceinture
De Toul et de Verdun !

Aujourd'hui, tes créneaux, barrière de la France,
Défendus par les fils et les soldats du Roi,
Braveraient les efforts d'une triple alliance,
Et répondraient de toi !

Regarde un peu l'Afrique et ses plaines sauvages !
Regarde le Maroc, Isly, Tanger, Ouchda,
Mogador qui s'écroule au bord de ses rivages,
Des miracles partout, qu'une nuit décida !

Joinville et son escadre, en face de l'Europe,
Ont immortalisé là-bas nos pavillons !
Une masse innombrable ailleurs nous enveloppe ;
Bugeaud la met en fuite avec six bataillons !

Gloire ! gloire ! C'était un spectacle sublime !
Le drapeau d'Austerlitz n'a pas dégénéré !

* 1648.

Au plus haut de ses mâts l'amiral magnanime
Hissait avec splendeur son pavillon sacré!

En prince, il part au loin pour l'honneur de la France,
Il répond en soldat de notre dignité,
Et son nom, désormais grand comme sa vaillance,
Ira de notre histoire à la postérité!

Nemours, s'il le fallait, Montpensier et d'Aumale
A de nouveaux périls marcheraient en soldats!
Ils savent comment siffle un boulet, une balle;
La victoire non plus ne leur faillirait pas.

Ces guerriers fraternels ont fait aussi leurs preuves,
Et, trouant de leurs corps les groupes africains,
Dans les rangs ennemis ils ont laissé des veuves,
Et leur nom sur les rocs et le bord des ravins!

Nemours! tu le sais, Metz, sur ses pas la victoire
Aux plages de l'Afrique a souvent rayonné;
Des bastions voisins * t'ont parlé de la gloire
    Dont il s'est couronné!

* Anvers.

Montpensier, dépassant le front de sa colonne,
Des hordes du désert de près s'est vu pressé,
Et naguère à Bathna * paya de sa personne,
        Intrépide blessé !

D'Aumale, colonel, constamment à la tête
Du brave régiment qu'en brave il commanda,
Ne se séparait point de sa sœur la conquête
Au bois des Oliviers, à Cherchell, à Blida?

— Après ces quatre noms, chers à toute la France,
Il en est un encor dont le grand souvenir
N'est point fait pour l'oubli ni pour son froid silence,
Et de qui le passé consacrait l'avenir !

Le courage des morts à notre juste hommage
Aura les mêmes droits que celui des vivants :
Près du dernier trophée il est un sarcophage
Où REPOSENT LA GLOIRE ET LE DUC D'ORLÉANS !!!

Metz, tu lui dois surtout tes voix les plus plaintives :
Sa visite suprême, hélas ! ce fut pour toi !

* Avril 1844.

Du sourire éternel il salua tes rives,
Pour s'en aller mourir vers sa mère et le Roi !

— Et maintenant, tonnez, foudres de la Patrie !
Vos échos charmeront Montpensier et Nemours :
Fort-Moselle, en salut que ton artillerie
       Bondisse sur tes tours !

Mets tes cloches en branle, ô vieille cathédrale !
Sonne à toute volée un *Te Deum* encor
Pour nos braves d'Isly, pour l'escadre navale,
Si française à Tanger, si grande à Mogador !

Gloire au jeune héros l'amiral de Joinville !
Gloire au corps des marins dont il brille entouré !
Gloire au Maréchal ! gloire aux deux cents contre mille !
       Gloire au CARRÉ SACRÉ !

Gloire à Lamoricière, aux chefs de nos brigades,
Ecrasant le Maroc de leur rempart mouvant,
Et dispersant au loin ces barbares peuplades,
Comme cède le sable au tourbillon du vent !

Gloire et paix à nos morts brisés par la mitraille !

Ils ont, accomplissant un prodige nouveau,
    Pour tombe le champ de bataille,
    Pour linceul les plis du drapeau !

    Du dernier salut militaire
    Honorons leurs restes épars !
Au long bruit du canon, sur leur noble poussière,
Pour la suprême fois, penchons nos étendards !

Camarades de France, oui, la mort a des charmes
    Dans ces jours de solennité !
Tambours, aux champs ! soldats, présentez-leur vos
Vous, réservés comme eux à l'immortalité !   [armes,

Vous qui bientôt, peut-être, au chemin de la gloire
Irez vous réunir à vos frères d'Isly !
Vous dont les noms un jour brilleront dans l'histoire,
Car son cadre chez nous n'est pas encor rempli !

Dans les mêmes dangers vous aurez leur courage !
Vers les mêmes travaux prenant tous votre essor,
A la postérité vous dédîrez l'ouvrage
Où la gloire pour eux était sœur de la mort !

A ceux qui sont tombés sur la plage infidèle
Édifions un temple auprès du Panthéon,
Pour que nos descendants sur la liste immortelle
    Retrouvent leur grand nom !

France, ne mets qu'un jour à déplorer leur perte !
France, les morts d'Isly sont morts dignes de toi !
Prions, c'est un devoir, sur leur fosse entr'ouverte ;
    Honorons-les, c'est une loi !

Des fastes du passé rappelons la mémoire,
Et nous rencontrerons partout, dans tous les temps,
A chaque paragraphe un combat et la gloire,
Sur les murs ennemis nos drapeaux triomphants !

Intrépides soldats, lorsque votre présence
Fait tressaillir nos cœurs d'un héroïque émoi,
Unissons nos *vivat* pour l'arc-en-ciel de France,
Le saint nom de la Reine et le grand nom du Roi !

L'héroïsme est chez nous un legs héréditaire,
Le seul que l'intérêt ne puisse aliéner ;
Et nous avons tout prêts à jaillir du cratère
Cinq cent mille guerriers qu'un jour peut déchaîner !

Et la garde civique, envoyée aux frontières,
Des pas de l'étranger défendrait nos sillons,
Et, d'un bond, sa valeur, franchissant les barrières,
Aux groupes fraternels joindrait ses bataillons !

Ainsi, repose-toi sur tes soldats, ô France !
Tes généraux sont prêts à de nouveaux exploits ;
Et sur terre et sur mer, dans leur magnificence
Ils sauront maintenir tes drapeaux et tes droits !

— Oui, Metz, que le canon sérieusement tonne
Un jour sur tes remparts attaqués tout de bon,
Et Jeanne d'Arc, toujours s'avouant ta patronne,
Te gardera son hom !

15 Septembre 1844.

LÉOPOLD CUREZ , de Verdun (Meuse),
A Lyon, rue de la Reine, 42.

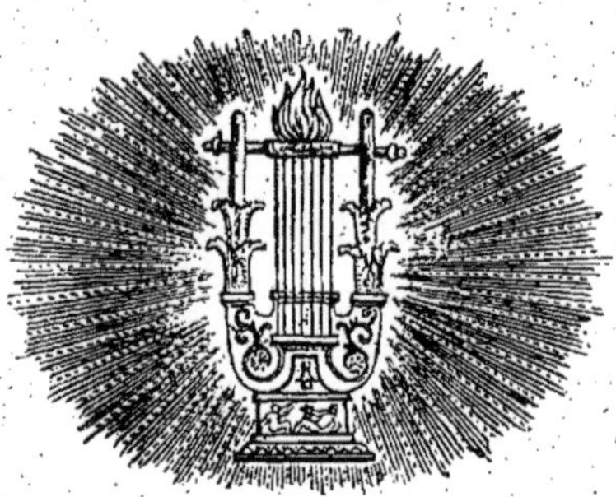

LYON. — Imprimerie de Boursy fils, rue de la Poulaillerie, 19.